生命《いのち》の足跡

寺田　恵

生命《いのち》の足跡

寺田　恵

生命の足跡　もくじ

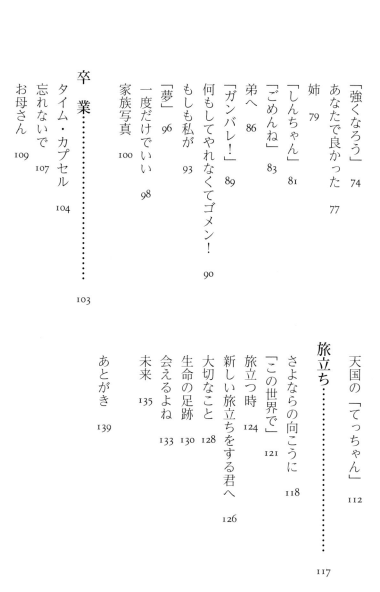

生命《いのち》の足跡

「今、叶えたい夢がある」
良い時のことも、
悪い時のことも、
全部、入っています。

「夢を叶えたい」と思って
今日まで書いてきた詩は
タイトル「生命の足跡」
そのものです。

障害者

皆さんにとって、障害者って何ですか？

バカですか？　それとも、いてはいけない存在なのでしょうか？

私は障害者です。今までもこれからも、ずっとずっと直ることなく私は障害者です。

走っている時も、歩いている時も、立っている時も、もしかしたら、座っている時も、「障害者だ」って分かってしまいます。

でも私は、それを「運命だ」と思っています。

今まで色々な人達と出会えたし、何人の人達とも淋しい別れがあったけど、決して後悔したくないと、一生懸命今を生きてきました。

しかし中には、私達、障害者を否定する人達もいます。目の前を通り過ぎるだけで「ムカツク」、少しおしゃれな格好をするだけで「障害者のくせに……」、なんて言われたり、バカにされたり、いじめられたり……。

私も、私達、障害者も、心のある人間です。何か言われる度に傷ついて、傷ついて、心に大きな傷を残して生きてきました。

けれど私も、「もし障害者じゃなかったら」って考えた時、障害者のことをバカにしてたのかもしれません。皆さんと同じ気持ちだったのかもしれません。でも、私も障害者になって、傷つけられた人の「心の傷」というのはよく分かります。

私も、私達、障害者も、皆さんと同じ人間です。皆さんがこの世界で生きているように、私達もこの世界で生きています。例え周りからしたらちっぽけな存在にしか見えなくても、この世界でこの街のどこか隅っこで、今日も生きています。これを肯定するのも否定するのも自由です。でも一度だけ皆さんも、「自分が障害者だったら……」って考えてみてください。

詩

私が、初めて君に出会ったのは
ちょうど十四回目の春が来た時
私が、初めて君を書いたのは
ちょうど十五回目の春が過ぎようとしてた頃。
あれから二十五年
今日、初めて
みんなに見せられる
君が完成した。
例え、この世界に
私のこと
否定する人がいるかもしれない。

例え、この世に
私が作り出した君のこと
批判する人がいるかもしれない。
でも、この世界の
たった一人の人間でも
私が作り出した君のことを
気に入ってくれる人がいたら
私が作り出した君の中の
たった一つの言葉でも
「心の中に残った」という人がいてくれたら
それだけで
私は幸せです。

季節の変わり目

春

樹
若葉のころ
季節の変わり目
あけましておめでとう
青い空の下で　～君と出会って～

春

あなたと出会って
十回目の春が来る
あなたと別れて
八回目の春が来る

あなたと歩いたあの桜並木も
あなたと拾ったあの小さな石ころも
今はもう
ちっぽけなかけらにしか見えない

あなたがいなくなって

あなたからの手紙が届かなくなって
初めてわかる

また今年も春が来る
また今年も
あなたと出会った春のように
あの時と同じ
桜が咲く

樹

まだ、あなたが
立派な桜を咲かせていた頃
まだ、あなたが
満開に桜を咲かせていた頃を
私は覚えている

真っ赤なランドセルの上に落ちた
たった一つの小さな花びら
手にとって
大事に大事に握ってみた

まだ、あなたが
青々と緑の葉っぱを咲かせていた頃
まだ、あなたが
立派に枝をのばしていた頃を
私は、覚えている

あなたの葉を一枚とって
遊び道具に使ってみた
あなたの枝をゆらしながら
落ち葉を拾ってみた

今はもう
桜の花も見かけないけど
今はもう
青々とした緑の葉も見かけないけど

また今年も
あの時と同じ
季節が来る
あの日と同じ
季節が来る

若葉のころ

「きれいだね」って
やさしい香りがした
あの頃
私は輝いていた

星になれたからじゃない
となりにあなたがいたからだ
金色の瞳と
かすかに輝き始めた明るい色の瞳
確かに輝いていた
確かに光っていた

あの頃

今、瞳を閉じる
そっと瞳を閉じてみる
確かに輝いている
確かに光っている
金色に輝いている日々
思い出の世界へとすいこまれていく

初めて出会った
あの桜並木の下
立派に見えたあなたに
ほんの少し　しっとした
プール開きの八月

水着姿にダイエット
帰り道、落ち葉の木の下
恋話

北風におされ
夕方の街にこだました私たちの声

あの頃
確かに輝いていた

初めてあなたに
出会ったあの時
すべてが新鮮に見えた

初めて咲いた若葉の葉
「きれいだね」って
やさしい香りがした
あの頃
私は輝いていた

季節の変わり目

君がいた頃は
暖かく感じたこの季節も
君がこの街からいなくなって
寒さを感じる
冬が来る

君がいた頃には
気付かなかったこの街並みも
今は少し
静かに見える

君がいなくなって
君と「さよなら」したあの日から
この街も
寒さを感じる
もうすぐ
冬が来る

あけましておめでとう

今年初めての
あけましておめでとう
めぐりあえた人に
あけましておめでとう
久しぶりに出会ったあなたに
あけましておめでとう
今までの自分に
あけましておめでとう
少し変われた自分に
あけましておめでとう
そして明日に向かって

あけましておめでとう

青い空の下で　～君と出会って～

初めての場所で
「友達になろう」と声をかけてくれた君
友達の作り方も知らなかった私に
初めて友達ができた

初めてやったトランプ
初めて話した私の夢
初めて語った自分の心
全部・全部「いい思い出だね」

君と初めてケンカした

君は黙って靴箱に手紙をくれた
「ごめんね」って小さく書かれたその言葉に
素直になれない私がいた

「君の気持ちがわかった」
君からもらったその手紙
何度も何度も読み返しながら
君のことを考えていた
でも心の中では
本当は・本当は「うれしかった」

「夢を叶えたい」と旅立って行った君
楽しいことがあったら
この空を見てね
そしたら　きっと

この空の下の私にも
この風が教えてくれそうな気がするから
「この空の向こうに君がいる
頑張っている君がいる
輝いている君がいる」
そんなことを考えながら
私もこの街で
「頑張ろう」って決めたんだ

私の天使

好き
友達
君と私
私の天使
「ありがとう」

好き

ドキドキしても
素直に伝えられない
君の瞳が
どんなに優しくても
君だけには本当のことが言えない
君には
好きな人がいるだろうから
私なんか
気にしてないだろうから
時々、目にする君の顔を見て
分かるような気がする

素直に伝えるのが
こわいから
私はすみっこで
君の横顔を
見ていた

友達

良いこと　嫌なこと
いっぱい知ってるから
友達なんだと思う

楽しいこと　苦しいこと
一緒にできるから
友達なんだと思う

いつも　いつも
輝いていて
いつも　いつも

太陽で
明るくなれる

そんなことが楽しいから
こんなことがうれしいから
いつも一緒にいるんだと思う

いつも　いつも
良いことじゃなくても
いつも　いつも
嫌なことでも
一緒にいれば忘れさせてくれる

そんな人が
友達なんだと思う

こんな人が
友達なんだと思う

君と私

いつも　いつも
一緒にいたね
いつも　いつでも
一緒に歩いていたね
教室も
帰る方向も
帰る時間も
ずっと　ずっと
一緒だった

君といる時

ケンカしたことなかった
君といる時
いっつも笑顔で
君と二人、笑っていれた
君と一緒に過ごした日々
私にとっては宝物

いつも　どんな時も
一緒にいた
あの頃の君と私
たくさんの思い出の中で
一番　一番
輝いていたね

私の天使

いつも君が心の支えになっていた
悩んでいる時　淋しい時
ふと、横から声をかけてくれていた
とてもやさしい声で
神様みたいな人だった
悩み事があると
いつも君の方を見ていた
話し始めると
いつも相談にのってくれていたね
時には、
忘れられていた私だったけど

私は君のこと、忘れなかったよ
いつか　きっと
振り向いてくれると思ってた
君の顔
とても、やさしくて忘れられない
君の顔を見ていたら
どんなことも忘れて
元気になれたさ！
君は私の元気印になってくれた
私は何もしてやれなかったこの月日
いつか　きっと
君が悩んでいる時
私は君の神様になってあげる
元気印になってあげる
そう信じていてね！

「ありがとう」

君に伝えたい言葉がある
今まで一緒にいたけれど
一度も言えなかった言葉がある
言わなかった言葉があるんだよ

君に言いたい言葉がある
遠く離れてしまったから
もう会えないかもしれない
二人が「一緒にいれない」ってわかった
今だから言えるような気がする

君と一緒の瞬間《とき》を過ごせて
初めての体験
たくさんできた
君と別れて
初めて分かったことも
いっぱいある
だから
君に「ありがとう」

君がとなりにいた時
君がとなりを歩いてくれてた時
とても楽しかった

いつも　いつでも
輝いていて

笑っていてくれる君は
私の「太陽」でした

君のとなりにいる時
いつも　いつでも
「幸せ」感じてた
君と一緒に感じたこの季節
私は輝いていた

君のとなりにいる時
いつも　いつでも
「幸せ」感じていた
君と一緒に感じたこの瞬間《とき》
私は輝いていました

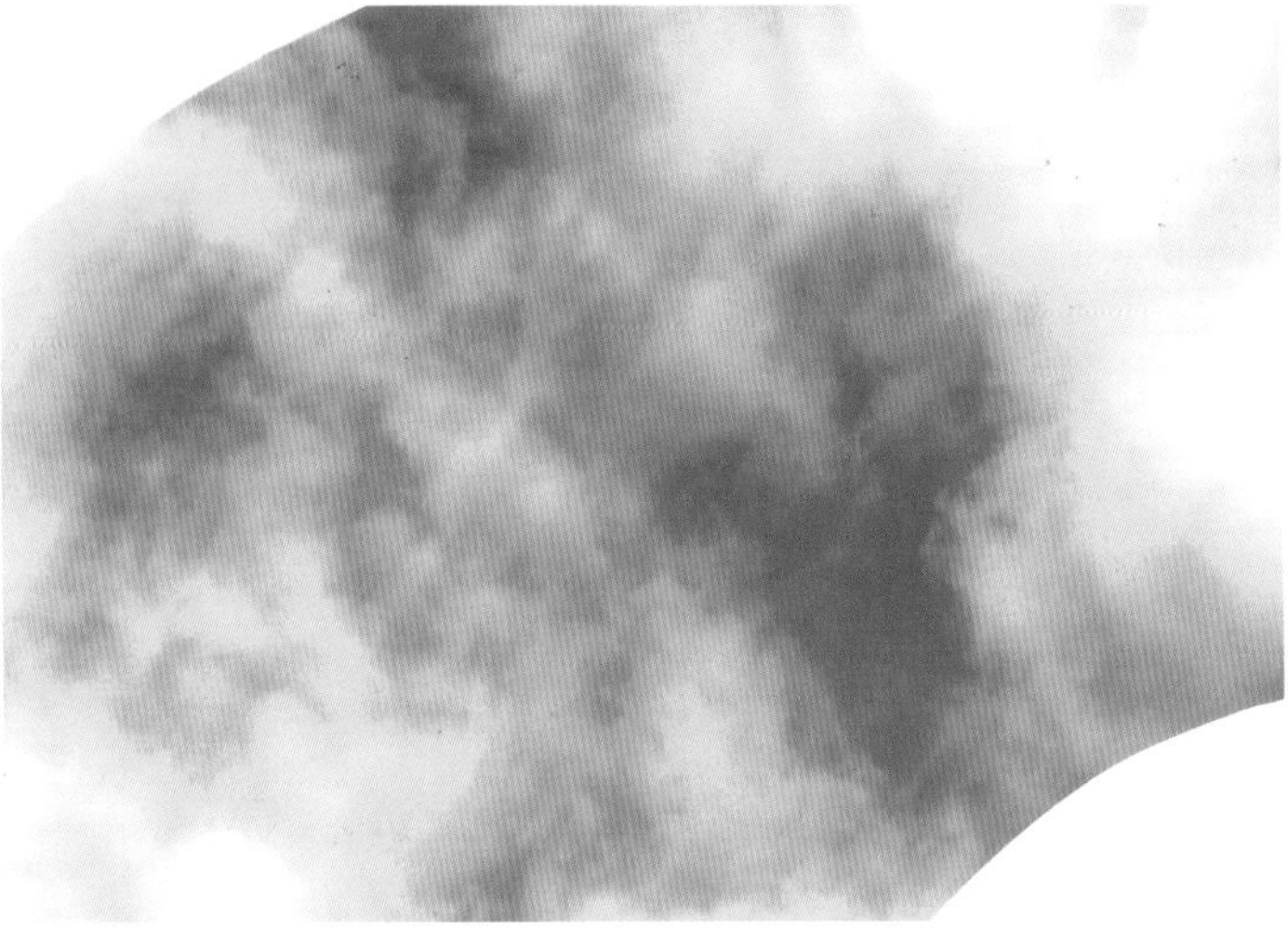

心もよう

ふつうがいい
手紙
がんばりすぎずに
ないしょ話
浜崎あゆみ
秘密
それでいい
君に伝えたい言葉
夢
もう一度だけ

ふつうがいい

見ればわかる
ふつうじゃないけど
ふつうでいたい
それが私の願い

夏になったら
ひざが出るくらいの
ミニスカートはいて
サンダルはいて
街を歩いてみたい
それが今の私の夢

ふつうじゃない
でもみんなと同じ
ふつうがいい

冬になったら
ひざまで長い
ブーツをはきたい
私の好きな黒い
ロングブーツで
歩きたい
それが今の私の憧れ

ふつうじゃなくても
ふつうでいたい

みんなより
もしかしたら
早く杖をつくようになるかもしれない
早く歩けなくなるかもしれない

ふつうじゃなくても
ふつうでいい
ふつうでいたい
それがこれからの私の願い

これからも
ずっと　ずっと
ふつうがいい
ふつうでいたい

手紙

私がもらった手紙の中で
一度だけ泣いた手紙がある
それはあなたからの手紙

うれしかったんだ
溢れてきたんだ
涙が一粒
あったかかった

私がもらった手紙の中で
一つだけ大切な宝物がある

いつも　いつでも
読み返している

うれしかったんだ
一粒こぼれ落ちた涙
あたたかさが
あなたの心のように思えた

がんばりすぎずに

何かをする時
何かを変えたい時
「がんばる」の文字を
思い出す

でも
がんばりすぎたら
疲れちゃう

がんばりすぎたら
休んでしまう

続けたいことでも
あきらめてしまう

がんばりすぎずに
今日は一歩　進もう
がんばりすぎずに
明日もまた一歩　進もう

道が見えなくても
夢が途切れても
また明日が来る

いつか　必ず
今の一歩が十歩になる
いつか　きっと

今日の一歩が夢（未来）となる

ないしょ話

昔、ないしょ話がしたくて
「あのね」を繰り返した

昔、ないしょ話がしたくて
お母さんの耳に
「あのね」を言ってみた

普通に話したっていい言葉
普通にしてもいいことも
ないしょ話がしたかった

今はもう
ないしょ話がいとおしい

昔のことも忘れて
ないしょ話
してないな

ないしょ話がしてみたい
耳元にそっと
近づけて
もう一度
「あのね」

浜崎あゆみ

〝居場所がなかった
見つからなかった〟
君の唄う、その詩に
共感した

ずっと
ずっと　欲しかった場所
探し続けていた場所
となりを歩き続けていた仲間《とも》にはあって
私にだけなかった

〝居場所がなかった
見つけられなかった〟
どんなに言葉に出しても
どんなに主張しても
私にはなかった

君の唄う、その詩に
君が主張する、その声に
私と同じ君を見つけた
私と同じ場所にいる
君を知った

秘密

ずっと　ずっと想い続けていたこと
たった一人でかかえこんでいた秘密
君だけには伝えられなくて
いつも違う自分
演じてた

君の前では素直になれた
君の前では微笑っていられた
君のいるその前では輝いていた
でも君は
気づいていたんだね

本当の自分
違う自分
はっきり言って
分からない
自分の心
自分の言葉じゃ
伝えられない
でも君は
そんな私を
分かっていたんだね

自分だけの秘密
心の中にある大きな大きな　傷《（秘密）》
本当は、誰にも見せたくなくて

違う自分
作っていた

本当は、誰にも伝えたくなくて
大きな秘密
かくしていた

君だけには伝えたくなくて
かくしていたことも
君だけには言えなくて
心の中にしまいこんでいたことも
本当は、気づいていてはしかった

君だけには
伝えられない心の中

本当は　本当は
分かっていてほしかった

それでいい

昔からずっと
「赤い花になりたい」って思ってた
でも、今は違う
赤じゃなくても
例え、それが
緑色した雑草でも
私が私でいられるなら
それでいい

「金色をした」
君がうらやましかった

でもう
それもいいんだ
苦しくても、辛くても
前を向いて歩いていける
自分でいられたら
それでいい

例え、他の人より
遅くても
自分なりの幸せ、探せたら
それでいい

赤や黄色の花も
あるけれど
私の人生

雑草でも
それでいい

君に伝えたい言葉

あの場所に君がいなかったら
今の私はなかっただろう
あの場所に君の存在がなかったら
今の私ができなかっただろう
あの場所で君が言葉をかけていなかったら
今の私はいなかっただろう
君に一番　言いたかった言葉
君に一番　言わなければいけない言葉
「ありがとう」

君がこの場所が大好きな理由《わけ》

君の居場所があった理由《わけ》
あの後、ちゃんと友に聞いた
君が一番　傷ついていたこと
君が一番　辛かった理由《わけ》
今になってやっとわかった
君に一番　伝えたい言葉
君に一番　伝えなければいけない言葉
「ごめんね」

夢

二十六年前のあの日
ベンチの片隅から
「ピー」と鳴り響く
その先を見つめていた
ブラウンの先に映った
一人の監督「ハンス・オフト」

初めて見る日本代表のユニホーム
初めて見る日本代表の試合
初めて見る日本代表選手
「右」も「左」も分からない

その試合を一人、無言で眺めていた
「ワールドカップに出ること」
その夢と戦った
緑のグランドに立てるのは十一人
顔も名前も知らないその選手を
ただ一生懸命、おいかけていた

「十二人目の選手になりたい」
小さな国の小さな人が夢を見た
緑のグランドの君を応援する選手になりたい
そんな夢をみはじめて
もう二十六年が経つ

あの時戦った十一人はいない

たった一つのゴールのため
グランドに背を向け
「さよなら」をした選手は
今はもういない

でも、あの日があったから、今日がある
あの時があったから、今がある
ずっと　ずっと
忘れないでほしい

もう一度だけ

もう一度だけ
賭けてみよう

もう一度だけ
歩いてみよう

ちっぽけな私だけど
ちっぽけな人間だけど
もう一度だけ
賭けてみよう

自分で選んだ道だから
自分で選んだ人生だから
もう一度だけ
歩いてみよう

どんなに辛くても
どんなに苦しくても
自分で選んだ道だから
ゆっくり今を
歩いて行こう

今の自分に
賭けてみよう

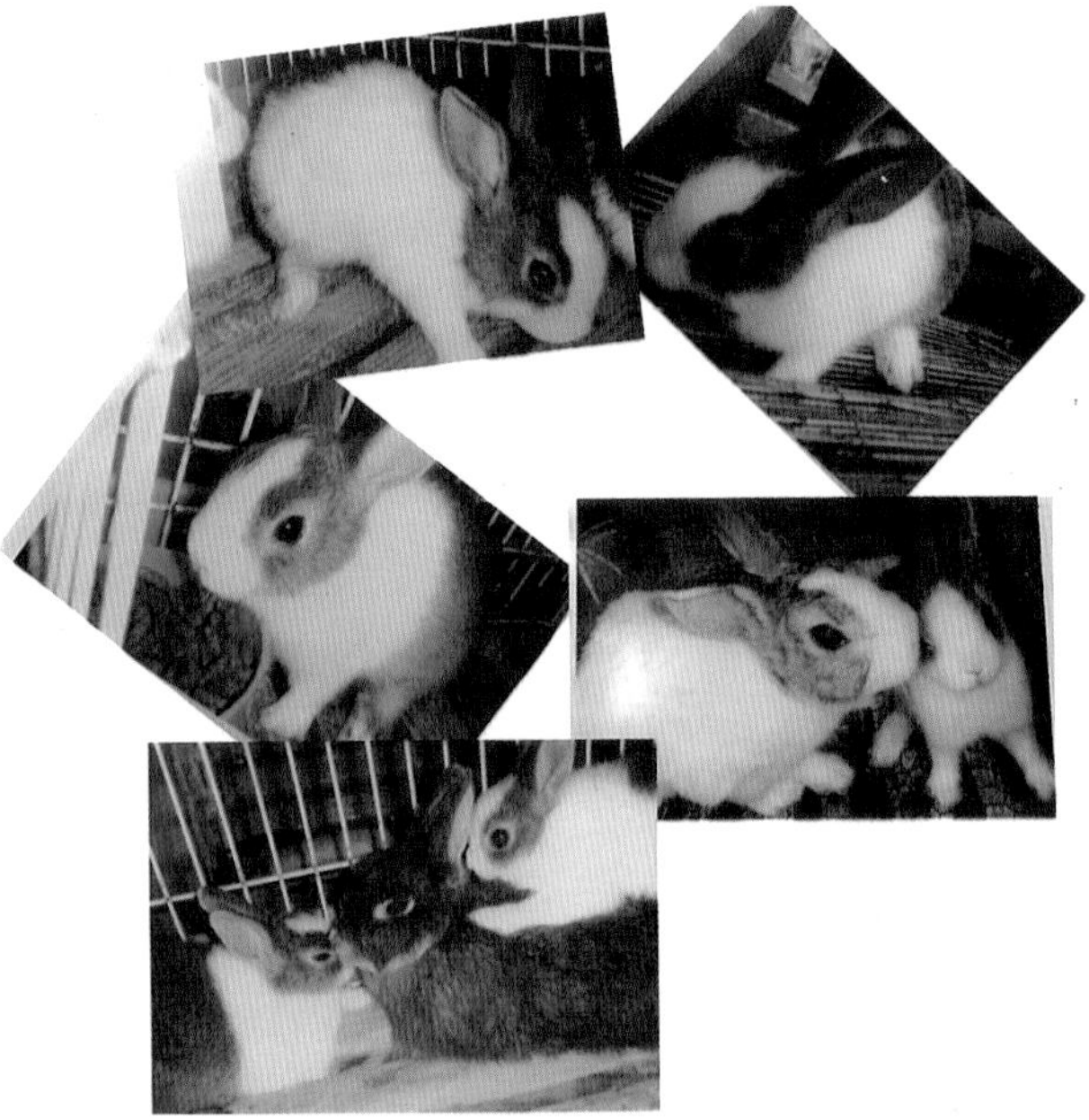

家族

親父
「強くなろう」
あなたで良かった
姉
「しんちゃん」
「ごめんね」
弟へ
「ガンバレ！」
何もしてやれなくてゴメン！
もしも私が
「夢」
一度だけでいい
家族写真

親父

私には一つだけ
夢があります
私には一つだけ
憧れがあります
いつも　いつも
テレビドラマで見ている
「結婚式の当日の朝」
あなたの前で
「産んでくれてありがとう
育ててくれてありがとう」って
ちゃんと、言いたいから

その日までは
生きていてください
いつになるか分からないけど
いつ夢が叶うか分からないけど
その日までは
私のそばで
生きていてください
私のことを
叱っていて下さい

「強くなろう」

私が初めて
あなたの前で
涙を流した時
あなたは黙って
ガサガサのその手で
涙をふいてくれた

私が初めて
傷つく心を知って
帰ってきた時
あなたは黙って

その大きな瞳に
大粒の涙を
浮かべてた

気づかないように
トイレに隠れて
後ろを向いていたあなた
でも私には分かっていた
私には
あなたのその涙が
見えていた

その時
私は決めたんだ
「強くなろう」って

もっと自分に
「強くなろう」って
決めたんだ

あなたで良かった

ここに
生まれてきたこと
ここで
あなたと会えたこと
この街で
あなたに教えてもらったこと
この場所で
あなたに育ててもらったこと

あたり前のようだけど
あたり前のことのようだけど

幸せに感じる

ここにいるのが
あなたで良かった
私を生んでくれたのが
あなたで良かった
私を育ててくれたのが
あなたで
本当に良かった

姉

二十一回目の誕生日にと
うれしそうにプレゼントをくれた
君の瞳は輝いていた

大好きなアイドルの
コンサートに行った君は
心から喜んでいた

君が「行きたい」と言っている
アイドルのコンサートには
今の私は、行ってあげられない

勇気がなくて
自信がなくて
今の私は
行ってあげられない

でも
いつか　きっと
必ず
君と二人で
あのコンサート会場に
行こうね

「しんちゃん」

いつも　いつも親父から
「しんちゃん　しんちゃん」って
かわいがってもらえる
長男がうらやましかった
私がどんなに
頑張っても
長男みたいになれなかったよ
でも
いざという時ばっかり
頼って「ごめんね」
苦労もしただろ

今日から　少しだけ
肩の荷　おろしていいよ
私の分
少しだけ
楽していいよ
私は今日で最後
明日からも
二人の子供のパパだけど
今までの荷物
少しだけ
おろしていいよ

「ごめんね」

いつか
「サンダルがほしい」って
言った時
「真っ直ぐ、歩けたらな」って
笑って返した

意見が合わない時
「お前はバカだ」って
言ってた

言ってる意味は

十分
分かってた
普通だったら
同じ意見で
納得できただろう

普通じゃなくて
逆になってしまう
悪気なんてない
バカでもない

真っ直ぐ歩けないのと
一緒
心の病気なんだ
だから

「ごめんね」
今さらだけど
「ごめんね」

弟へ

私が
もっと
しっかりしてたら
もっと
親から
愛してもらえたのに
「ごめんね」

ずっと
外で
育って

成長してるのに
私だけ
成長してなくて
「ごめんね」

もっと
しっかり
お姉ちゃん
できてたら
あなたに
もう少しだけ
親の愛情
分けてあげられたのに
「ごめんね」

今度
今度、帰ってきたら
お母さんに
いっぱい　いっぱい
甘えるんだよ

そして
今までよりも
もっと　もっと
愛してもらうんだよ

「ガンバレ！」

あなたが言ってくれた言葉の中で
一番うれしかった言葉

あなたは
何気なく言った言葉かもしれない
あなたは
何も考えず、言った言葉かもしれない

でも
あの時の私は
涙が出るほど
うれしかった

何もしてやれなくてゴメン！

いつも　いつも
私を頼ってきてくれる
いつも　いつでも
あなたは私のそばにいてくれる
でも
何もしてやれなくてゴメン！
いつも　いつも
そう思う

でも、勇気がなくて
ちっぽけな力しかなくて
いつも
淋しい想いをさせている

いつも　いつでも
あなたは私に元気をくれる
でも
いつも　いつも
何もしてやれなくてゴメン！

今度はきっと
今度は絶対
あなたのことを
助けてあげられる

お姉ちゃんに
なるからね

もしも私が

もしも私が
五体満足の体だったら
あなたの人生も
変わってただろう

もしも私が
ふつうだったら
私とあなたは
ふつうの
姉と妹に
なれただろう

ずっと　ずっと
勝っていたかった
ずっと　ずっと
負けたくなかった

でも、もう
私の負けだよ

もう戦いは
今日で終わり
これからは
もっと楽に
前を見て
歩いて行け！

私とあなたの戦い
認めたくなかったけど
私の負けだよ

あなたが私に
勝ったんだ

「夢」

一度も
みんなそろって
どこかへ
行ったことないね

一度も
家族そろって
ご飯
食べたこと
ないね

いつも　いつも
バラバラで
みんなそろって
「何かをする」ってこと
なかったね

いつか　きっと
みんなで一緒に
何かをしたい
どこかへ
行きたい

それが
今の私の夢です

一度だけでいい

一度だけでいい
親父の前で
人間になりたかった

道具じゃなくて
機械でもなくて
人として扱われてみたかった

ずっと　ずっと
欲しかったこと
怒られたり

一度だけでも
褒められたり
してみたかった

道具だったら
もうさびちゃったよ
機械だったら
もう電池が
ないみたいだ

もう
今日で終わったよ
もう
今で壊れたよ

家族写真

最初で最後の家族写真
思い出も
この一枚につめこんで
シャッターに向かった

最初で最後の家族写真
たった一枚の写真に
全部・全部想いを込めた
家族写真

もう全員で集まることもないけど

離れ離れの家族だけど
みんなの想いを忘れない

最初で最後の家族写真
たった一枚の家族写真
ずっと　ずっとこの一枚を
大切にしておこう
心の中に大好きな写真として
しまっておきたい
最初で最後の家族写真

卒業

タイム・カプセル
忘れないで
お母さん
天国の「てっちゃん」

タイム・カプセル

君との時間を
タイム・カプセルに入れた
君との思い出を
真っ赤な宝箱につめた
もう、あれから
十二年が経つ

君と一緒に映った写真
みんなとの思い出を書いた文集
みんなで約束を交わした
あの授業が好きだった

離れていくことも
変わっていくことも
知っていた
自分の心も
人の心も
変わり始めていくことも
分かっていた
でも、あの頃の時間
あの頃の仲間が
大好きだった

「十年経った春に開こう。
ビール片手に乾杯しよう」
それが、みんなの約束だった

輝いていた思い出も
走り書きでつづった作文も
あの隅のロッカーで眠ってる

約束の十年も
あの頃の仲間も
近くにいない

十二年経った今
もう二度と
あの頃の仲間《みんな》で
開ける日がこないことを
知った

忘れないで

今日君と
さよならをする

会えない時間が
どんなに長くても
君との距離が
どんなに遠く離れていても
忘れないで

一緒にいた友のこと
一緒に学んだ友のこと

忘れないで

どんなに遠く離れていても
どんなに言葉が伝わらなくても
一生懸命だったみんなのこと
一生懸命だった君のこと
一生懸命だった私のこと
絶対に
忘れないでね

お母さん

「おめでとう」
最近、あなたからもらった言葉
「ありがとう」
今まで、私たちが言えなかった言葉

だから今日
十八年間のありがとう

あなたは私の
十八年間を知っている

話す、笑う、泣く、傷つく
すべての事を
あなたは知っている
そして今日
あなたから「社会」という言葉を
教えてもらった
私達のすべてを知っている
一番身近なあなた

いつからか
年を重り
白髪も増え
私達の面倒をみるようになり
だいぶ、変わった
気が付けば

もう四十を超えてる
「疲れた」っていつから
言わなくなったんだろう
変わりに
私達の「疲れた」
いつも聞かせてごめんね

今日だから、言える言葉
今だから、言える言葉がある
「ありがとう　ゆっくり休んで」
今日はあなたの卒業式でもある
「おめでとう　そしてありがとう」

天国の「てっちゃん」

言葉なんか交わさなくても
君はこの場所で生きている
君の姿に会えなくても
君は私の心に生きている

君のこと　初めて知ったのは
真っ赤なランドセルに
夢をいっぱい詰めて入学した次の日
担任の先生に聞いた
「一組のてっちゃん」

君の姿を初めて見たのは
学校にも慣れて
いろんなことを知り始めた頃
背中に書かれた大きなゼッケン
名前を見て　初めて君を知った

クラスも違う
話もしたことがなかった
でも　あの時の君の姿
今でも　覚えている

君と久しぶりに再会した
高校一年の入学式
昔の面影を残した
君を見た時

すぐに分かった
あの時の
「一組のてっちゃん」

輝いていた君
輝いていた私
今も　この心の中に
残っている

君と過ごした場所
古びた校舎の
水道場の前
一度だけ
すれ違った　君の姿
いつまでも　いつまでも

あの瞬間《とき》の
景色《いろ》と共に
君は
私の中で　生きている

ずっと　ずっと君は
私の心の中で　生き続けている

旅立ち

さよならの向こうに
「この世界で」
旅立つ時
新しい旅立ちをする君へ
大切なこと
生命《いのち》の足跡
会えるよね
未来

さよならの向こうに

突然「さよなら」を告げられたあの時
君と出会ったことに
後悔してた

君と出会わなければ
こんなことは
なかっただろう
君と会わなければ
こんな気持ち
知らなかっただろう

でも
今は違う

君と出会って
新しい自分
見つけたから
君に別れを告げられて
新しい自分に
生まれ変わった

だからもう
君と出会ったことに
君と別れたことに
後悔してない

今はもう
君のこと
何も分からないけど
今はもう
君が
何処にいるのかも
知らないけど

初めて出会った君に
突然、別れを告げられた君に
感謝してる
「ありがとう」

「この世界で」

この世界で
この場所で
生き続けなければ

この世で
この人達と
生きていかなければならないんだ

人をうらやむより
ここにいる幸せを感じていたい

後悔するより
少しずつ、前を踏み出す
自分でいたい

「さよなら」を悲しむよりも
出会いを大切にしたい

いくつもの挫折を乗り越えて
ここにいる自分に
感謝したい

この身体も
この心も
すべて運命

でも
この世界で
この場所で
生き続ければ

この世で
この人達と
生きていかなければならないんだ

旅立つ時

君はもう
歩き出したんだよ
私の元から
歩き始めたんだよ
ゆっくりでも
ゆっくりでも
自分の道を
歩き出したんだよ

君はもう
夢を見始めたんだよ

自分の夢に
歩き始めているんだよ
戸惑いながら
今をゆっくり
歩いているんだよ

君はもう
私の元で
頑張らなくていい
新しい場所で
自分の夢に向かって
歩き始めたんだよ
旅立つ時なんだよ

新しい旅立ちをする君へ

新しい旅立ちをする君へ
私ができるたった一つのこと
それは
君のこれからの生活が
ちゃんと、できるよう
この胸の片隅で
祈ってる

新しい旅立ちをする君へ
私がしてあげられるたった一つのこと
それは

君がいつも　いつでも
幸せが続くよう
この心で、神様に
祈ってる

君が決めたことだから
私は何も言わない
君が決めたことだから
私は何も言えない
でも
ふと、立ち止まった時
いつも　いつでも
「君のそばに、私がいる」ってこと
忘れないで

大切なこと

「何のために
生きているんだろう」とか
「何をしたいために
生きているんだろう」なんて
考えなくても
いいんだと思う

ただ
今、こうして
ここに
この場所に

「君がいる」ってことの方が
大切なんだと思う

生命《いのち》の足跡

朝、目覚めて
今、この場所にいること
何も変わらない
何げない生活に
幸せを感じる

人はみな
いろんな人と出会い
いつかは「さよなら」をする
思い出の詰まった場所から
いつかは旅立つ

毎日の繰り返しの日々に
少しずつ
成長していく

今日の朝
目覚めたこと
今、こうして
この場所にいること
何もないようだけど
何も変わらないようだけど
毎日が繰り返されて
今日、ここにいる

それが

今日まで生きてきた
「生命の足跡」なんだよ

会えるよね

一緒にいた頃は
涙を流してばかりいた君だったけど
今はもう
笑っているんだよね

たくさんの友達に囲まれて
いっぱい　いっぱい話をして
いつも
笑顔でいるんだよね

君に涙は

似合わない
悲しい顔も
淋しい声も
似合わない

大きな声で話をして
いっぱい　いっぱい微笑んでいて
いつも　いつでも
輝いた瞳

そんな君に
会えるよね
いつか　きっと
会えるよね

未来

同じ場所で
同じゴール
目指して
頑張ってきた

同じ時間《とき》を
同じ方向へ
歩こうと
決意した

いくつもの

想いを
誰もが抱きしめ
ゆっくり
今を歩いていた

何かが
少しずつ変わっても
思い出だけは
変わらない

みんなで歩いたこと
みんなで歩き出したこと
間違いじゃなかったと
今、やっと分かった

何かが
少しずつ変わっても
みんなと一緒に
歩いたこと
歩き出したことは
変わらない

何かが
少しずつ変わっても
思い出だけは
決して
変わらない

あとがき

私は、今まで、たくさんの詩を書いてきました。
でも、これだけ、たくさんの詩を書けるようになったのは、
今まで出会った
すべての瞬間
すべての人達
すべての物のおかげだと思います。
そして、これから出逢っていく
すべての瞬間
すべての人達
すべての物との、一瞬一瞬の、その瞬間を何よりも、大切にしていきたいと
思います。

生命《いのち》の足跡

*

令和2年4月30日　初版発行

著者・発行者／寺田 恵

制作・発売元／静岡新聞社

〒422-8033　静岡市駿河区登呂3－1－1

電話　054-284-1666

印刷・製本／藤原印刷

*

ISBN978-4-7838-8005-9 C0092

定価はカバーに表示してあります
乱丁・落丁本はお取り替えします